28 Mai 1890. V

VENTE DES MERCREDI 28 ET JEUDI 29 MAI 1890

HOTEL DROUOT, SALLE N° 5

à 2 heures 1/2

BEAUX

MEUBLES ANCIENS

ET DE STYLES

Louis XIV, Louis XV et Louis XVI

TAPISSERIES, ÉTOFFES

OBJETS D'ART

Bronzes — Marbres — Porcelaines — Miniatures — Éventails

TABLEAUX, AQUARELLES

M° E. THOUROUDE | M. A. BLOCHE

COMMISSAIRE-PRISEUR | EXPERT

32, rue Le Peletier, 32. | 25, rue de Chateaudun, 25.

EXPOSITION PUBLIQUE

Le Mardi 27 Mai 1890, de 2 heures à 6 heures.

CATALOGUE

DE

BEAUX MEUBLES ANCIENS

ET DE STYLES

Louis XIV, Louis XV et Louis XVI

Grand Lit en bois sculpté et doré, avec ses tentures, époque Louis XVI
Bureau en marqueterie Louis XIV, Vitrines, Armoires Louis XV
Tables, Consoles, en bois sculpté et en bois de luxe, ornées de bronzes

OBJETS D'ART ET D'AMEUBLEMENT

Jolie Pendule en marbre attribuée à FALCONNET
Porcelaines montées, Bronzes, Marbres, Faïences italiennes, Armes
Miniatures, Éventails

TABLEAUX — AQUARELLES

Grande Tapisserie verdure Louis XIII
Étoffes, Broderies

DONT LA VENTE AURA LIEU

HOTEL DROUOT, SALLE N° 5

Les Mercredi 28 et Jeudi 29 Mai 1890

à 2 heures 1/2

Par le Ministère de **M° E. THOUROUDE**, commissaire-priseur
32, rue Le Peletier, 32

Assisté de **M. A. BLOCHE**, expert près la Cour d'appel
25, rue de Châteaudun, 25

Chez lesquels se trouve le présent Catalogue.

EXPOSITION PUBLIQUE

Le Mardi 27 Mai 1890, de 2 heures à 6 heures.

CONDITIONS DE LA VENTE

Elle sera faite expressément au comptant.

Les acquéreurs payeront, en sus du prix d'adjudication, *cinq pour cent* applicables aux frais.

L'Exposition mettant le public à même de se rendre compte de l'état et de la nature des objets, il ne sera admis aucune réclamation une fois l'adjudication prononcée.

Paris. — Imp. de l'Art, E. MÉNARD et Cⁱᵉ, 41, rue de la Victoire.

DÉSIGNATION DES OBJETS

MEUBLES — OBJETS D'ART

TAPISSERIES — ÉTOFFES

1 — Très beau lit avec son baldaquin, en bois sculpté et doré, offrant en haut-relief des bouquets et des jetées de fleurs, avec ses poignées et ses ornements en bronze doré. Ce lit est accompagné de ses anciennes tentures, de sa courtepointe et de lambrequins en damas de soie rouge, garnis de passementerie du temps de Louis XVI.

2 — Grande tapisserie du temps de Louis XIII, représentant *une Chasse au cerf :* cavalier précédé de sa meute forçant l'animal, dans un paysage accidenté, boisé, animé d'oiseaux, avec château en perspective. Bordure large à guirlandes de fleurs et de feuillages

attachées à des cartouches offrant des médaillons à
paysages. — Haut., 3 mètres ; larg., 4 mètres.

3 — Beau bureau en marqueterie de cuivre sur écaille,
époque Louis XIV, avec pieds à croisillon.

4 — Belle chaise longue en trois parties, en chêne
sculpté. Époque Louis XV.

5 — Grande armoire Louis XV en bois des Iles, ornée
de bronzes.

6 — Buffet-vitrine en marqueterie de bois de couleur.
Travail hollandais du xviiie siècle.

7 — Vitrine Louis XVI en acajou, à filets de cuivre.

8 — Jolie vitrine, style Louis XV, en bois sculpté et
doré.

9 — Belle table de milieu en ébène, avec marqueterie
d'ivoire, d'écaille et lapis-lazuli.

10 — Riche console, style Louis XVI, en bois sculpté et
doré orné de guirlandes de fleurs, reposant sur quatre
pieds.

11 — Paire de bras d'appliques à trois lumières, en bronze
doré. Style Louis XVI.

12 — Petite table à ouvrage en bois de rose et marqueterie.

13 — Petite console Louis XVI en acajou et bronze
doré.

14 — Petite table forme cœur garnie de bronze.

15 — Très jolie pendule à rocailles, formée par deux chi-
mères en vieux céladon et garnie de fleurs de Saxe.

16 — Deux perroquets vieux Chine en couleur, formant
candélabres à trois lumières, ornés de fleurs de Saxe.

17 — Petit buste de jeune fille, en marbre blanc, avec
fleurs dans les cheveux.

18 — Petit buste de jeune fille, avec draperie, en marbre
blanc.

19 — Deux jardinières en Japon, décor bleu, avec montures en bronze doré. Style Louis XIV.

20 — Très jolie pendule en marbre, avec nymphe, attribuée à *Falconnet*, dite *la Pleureuse d'oiseau*, garnie
de bronze doré.

21 — Deux grands oiseaux, céladon turquoise, avec
monture rocaille, et formant candélabres à trois
lumières.

22 — Pendule Louis XV en écaille, ornée de bronze
doré.

23 — Petite lanterne d'antichambre en bronze. Époque Louis XVI.

24 — Deux tabourets en bois sculpté. Époque Louis XV.

25 — Table à jeu. Époque Louis XVI.

26 — Deux petits candélabres Louis XVI : Bacchantes tenant trois lumières.

27 — Joli meuble d'entredeux en bois noir, garni de cuivre.

28 — Bibliothèque en bois noir garni de cuivre.

29 — Deux bureaux en bois noir, garnis de cuivre.

30 — Couvre-lit en soierie brochée fond vert, dessin blanc d'argent. Époque Louis XV.

31 — Deux seaux en ancienne porcelaine de Paris, décor à fleurs et rinceaux.

32 — Jardinière, décor à fleurs.

33 — Tapis de table brodé. Travail de Madagascar.

34 — Beau dessus de piano en satin brodé fond havane, riche dessin avec franges.

35 — Petit bureau de dame Louis XV.

36 — Coupe en cristal de Baccarat, montée en bronze.

37 — Buste en marbre : *le Petit Rieur*, d'après Donatello.

38 —. Bas-relief en marbre : *Saint Jean*.

39 — Buste de jeune fille, en terre cuite.

40 — Belle pendule, forme temple, en bronze, époque Louis XVI, avec sujet en biscuit.

41 — Armoire normande en bois sculpté. Style Louis XVI.

42 — Autre armoire normande.

43 — Divers éventails.

44 à 56 — Suite de quatorze jolis éventails de l'époque et de style xviiie siècle, avec feuilles à scènes champêtres ou mythologiques, et montures en nacre sculptée rehaussée d'or. (Seront vendus séparément.)

57 — Grande et belle miniature sur ivoire : Portrait de la princesse Sophie enfant, coiffée d'un grand chapeau. Cadre en bronze doré.

58 — Jolie miniature ovale sur ivoire : Jeune Femme en costume Louis XV, pinçant de la mandoline. Cadre en cuivre.

59 — Miniature ovale sur ivoire : Portrait de Mme Vigée-Le Brun. Cadre en cuivre.

60 — Petite miniature carrée sur ivoire : Jeune Femme

se bouclant les cheveux, d'après Boucher. Cadre en
bois noir.

61 — Miniature ronde sur ivoire : Portrait de la reine
Marie-Antoinette.

62 — Petite miniature ovale sur ivoire : Portrait de jeune
femme en costume Louis XVI, dans le genre de Hall.

63 — Miniature ronde sur ivoire : Vénus et l'Amour sur
pris par un satyre, peinture en grisaille.

64 — Miniature ovale sur ivoire : Portrait de femme en
robe bleue, avec fichu. Cadre en bois doré.

65 — Trois petites panoplies, composées de gardes de
sabres japonais en fer ciselé et damasquiné.

66 — Paire de pistolets, avec garnitures en fer ciselé.
Louis XIV.

67 — Paire de pistolets anciens, garnitures en fer.

68 — Deux fermoirs en fer ornés de mascarons.

69 — Poudrière du Moyen-Age en corne sculptée.

70 à 73 — Quatre boîtes en émail de Saxe.

74 — Deux tasses de Sèvres bleu turquoise, décor à médaillons.

75-76 — Deux miniatures.

77 — Tableau de l'école flamande.

78 — Portrait d'Élisabeth de Saxe, bas-relief sur ivoire.

79 — Boîte ancienne en fer ouvré.

80 — Paire de jolis candélabres formés de vases de Chine rose truité, avec montures rocailles en bronze, à quatre lumières. Style Louis XV.

81 — Deux poissons en porcelaine de Chine, montés en bronze doré.

82 — Deux grands plats en faïence de Savone.

83 — Deux bas-reliefs en bronze : Victor Hugo.

84 — Cabinet en ébène.

85 — Vase en faïence hispano-moresque.

86 — Plat en faïence de la suite de Palissy.

87 — Chaise en bois doré Louis XVI, recouverte de damas.

88 — Douze assiettes en vieux Japon polychrome.

89 — Jardinière en faïence décorée.

90 — Statue en marbre : *la Vénus de Médicis*, attribuée à l'époque Louis XIV. — Haut., 1 mètre.

91 — Couteau de chasse garni en argent.

92 — Beau vase en biscuit, décor à rehauts d'or et en relief.

93 — Torchère formée par une statuette d'ange, en bo s sculpté, peint et doré. Époque Louis XIV.

94 — Deux colonnettes en albâtre oriental.

95 — Quatre petites bouteilles de Chine, décor à figures

96 — Petit paravent à quatre feuilles en bois sculpté du Tonkin, formant cadres.

97 — Paire de chenets en bronze : balustrade Louis XVI.

98 — Deux belles chaises en bois sculpté Louis XIV, couvertes de broderies et d'applications.

99 — Tabouret-support chinois en bois de fer, dessus en marbre.

100 — Paire d'appliques à deux lumières en bronze doré Louis XVI.

101 — Paire de petits candélabres en bronze fumé et frotté, à deux lumières. Style japonais.

102 — Plat en ancienne faïence hispano-arabe, décor à reflets métalliques.

103 — Joli plat en faïence d'Urbino, décor à sujet allégorique, cerclé de cuivre.

104 — Douze fauteuils en bois sculpté, couverts en blanc. Époque Louis XIV.

105 — Cadre en bois sculpté et doré Louis XIII.

106 à 109 — Quatre plats de Chine et du Japon, décors variés.

110 — Vase en ancienne faïence de Chaffagiolo avec médaillon : Portraits de femmes, décor fond bleu.

111 — Cornet en ancienne faïence des Abruzzes, avec armoiries, fond jaune à fleurs.

112 — Grand plat en ancienne faïence de Perse.

113 — Quatre tasses avec soucoupes en faïence italienne, avec décor fond bleu à personnages, dans le goût chinois.

114 — Petit plat en faïence de Castelli, décor paysage avec figures.

115 — Aiguière et jardinière en faïence italienne, décor polychrome à fleurs et arbustes.

116 à 118 — Trois aiguières en faïence, fond jaune et bleu.

119 — Petit tonneau en faïence de la République, décor à inscription : *Buvons à la liberté, 1789;* fond à paysage et fête champêtre.

120 — Deux petits plats en faïence italienne, avec guirlandes de fleurs en relief sur les bords.

121 — Écuelle en faïence avec médaillons sujets marines et paysages.

122 — Figurine : Joueur de cornemuse, de Jacob Petit.

123 — Figurine en porcelaine blanche tendre de Chantilly, représentant l'Automne.

124 — Figurine d'Amour en porcelaine de Saxe, fond blanc.

125 — Groupe en porcelaine d'Allemagne : Paysan allant au marché.

126 — Groupe en porcelaine pâte tendre de Chantilly, fond blanc : le Concert formé de quatre musiciens.

127 — Saucière en blanc de Chantilly, forme canard.

128 — Groupe en porcelaine d'Allemagne, fond blanc à fleurs.

129 — Groupe de berger et bergère en porcelaine de Saxe, fond à fleurs et corbeilles de raisin.

130 — Grand plat en porcelaine du Japon, décor bleu et blanc.

131 — Petite garniture de potiche et deux vases en porcelaine de Chine, décor polychrome à fleurs et coqs.

132 — Deux plats en porcelaine du Japon, décor bleu, rouge et or, représentant des vases de fleurs.

133 — Deux théières en porcelaine de Chine, fond blanc, avec médaillons bouquets de fleurs en polychrome.

134 — Statuette en blanc d'Allemagne : le Joueur de mandoline.

135 — Beurrier en porcelaine de Saxe, décor polychrome avec oiseaux.

136 — Petite théière en porcelaine de Chine, famille rose.

137 — Théière et deux tasses en porcelaine de Chine, décor d'oiseaux et de fleurs de toutes nuancee.

138 — Deux petites tasses en porcelaine de Venise.

139 — Paire de flambeaux en ancienne porcelaine de Berlin, fond vieil or, décor vases de fleurs et guirlandes; monture en bronze.

140 — Deux flambeaux en porcelaine de Saxe, à guirlandes de fleurs.

141 à 146 — Bonbonnières, boîtes en porcelaines diverses. (Sera divisé.)

147 — Petite figurine en porcelaine représentant : l'Esclavage.

148 — Sabre persan garni de pierreries.

149 — Tromblon avec canon ciselé.

150 — Plaque damasquinée d'or et d'argent.

151 — Grand plat en étain. Travail ancien et allemand.

152 — Aiguière en étain.

153 — Deux miniatures sur vélin, feuilles d'éventails.

154 — Deux tableaux encadrés.

155 — Pendule en ébène.

156 — Cage de petite pendule en écaille.

157 — Deux petits seaux en cuivre repoussé.

158 — Deux cadres ovales en bois ancien.

159 — Joli Christ en bois sculpté sur croix avec cadre fond noir. Époque Louis XIV.

160 — Sabre japonais avec fourreau et poignée en os sculpté, offrant une quantité de figures en bas-relief.

161 — Écusson de la ville de Nevers, à double face, sur fonte.

162 — Paire de grands et beaux vases en porcelaine fond gros bleu ; monture en bronze. Style Louis XVI.

163 — Six assiettes en porcelaine fond bleu turquoise, décor à amours au chiffre du roi Louis-Philippe.

164 — Deux groupes en faïence de Saint-Clément, décor à sujets champêtres.

165 — Groupe en faïence : Milon de Crotone.

166 — Vache en faïence de Saint-Clément.

167 — Deux figurines en faïence : Amour et Psyché sur socles.

168 — Armure damasquinée d'Orient.

169 — Groupe équestre Louis XIV, en bronze patine verte ; sur socle.

170 — Deux médaillons en bronze patine verte, d'après Clodion.

171 — Paire de vases en marbre blanc, montures en bronze doré. Style Louis XVI.

172 — Paire de vases en marbre jaune de Sienne, avec montures. Époque Empire.

173 — Figurine en bronze : Napoléon debout.

174 — Deux petites figurines en bronze patine verte : les Buveurs flamands.

175 — Paire de flambeaux en bronze. Époque Empire.

176 — Paire de flambeaux en bronze finement ciselé et doré. Style Louis XVI.

177 — Pendule en bronze. Époque Empire.

178 — Pendule en bronze. Style Louis XVI.

179 — Deux statuettes en bronze : l'Empereur Julien et le Penseur. Style Louis XVI.

180 — Buste en bronze : l'Été, de Rancoulet.

181 — Deux statuettes en bronze : le Fauconnier et la Fauconnière, de Dubois.

182 — Paire de petits bras d'appliques en bronze. Louis XV.

183 — Paire de chenets en bronze, modèle à sphinx. Époque Empire.

184 — Paire de candélabres en bronze à six lumières. Époque Empire.

185 — Cinq miniatures diverses : Portraits et sujets.

186 — Paire de figurines amours en bronze sur socles granit.

187 — Paire de vases en faïence genre Delft, polychrome.

188 — Deux figurines en biscuit : Personnages du Moyen-Age.

189 — Deux figurines : Japonais en faïence, fond bleu turquoise et or.

190 — Figurine en marbre rouge : Jean de Bologne.

TABLEAUX — AQUARELLES

AUBRY

191 — *L'Enlèvement de la Jeunesse par les amours.*
Gracieuse composition.

BLUM
(MAURICE)

192 — *Le Messager.*
Charmant tableau.

CORDEN

193 — *Paysage.*

COURBET

194 — *Paysage avec rochers.*
Signé.

COYPEL
(Attribué à)

195 — *Flore et Cupidon.*

DREUX
(Genre d'ALFRED DE)

196 — *Chevaux de labour.*

DUPENDANT
(Attribué à)

197-198 — *Figures.*

Deux aquarelles.

DURER
(École d'ALBERT)

199 — *Portrait d'homme.*

En costume de velours noir garni de fourrures, représenté presque de face, la main gauche appuyée sur une frise où se lit l'inscription : SIXTVS, OLHAFEN, SEN, ÆTATIS. SVÆ 37. A° 1503, avec des armoiries aux deux extrémités. Porte en haut, à gauche, le monogramme et la date de 1503.

Tableau intéressant.

GARDANNE
(A.)

200 à 207 — *Soldats.*

Huit aquarelles.

GARNIER
(J.)

208 à 214 — *Paysages.*

Sept aquarelles.

GOSSELLINI

215 — *Paysage ; plage.*

HOET
(SIMON)

216 — *La Vierge veillant sur l'Enfant Jésus endormi.*

INNOCENTI

217 — *La Loge des masques.*

INNOCENTI

218 — *Scène de cabaret.*

ISTA
(V.)

219 à 233 — *Paysages.*

Quinze aquarelles.

JANSSENS

234 — *La Leçon de musique.*

Teinte blonde.

JOSÉ
(C.)

235 à 242 — *Paysages (forêt de Fontainebleau.*

Huit aquarelles.

KALF

243 — *Scène d'intérieur.*

LE SAGE
(G.)

244 à 247 — *Paysages (Vues de Paris*.

Quatre aquarelles.

LESUEUR
(Attribué à)

248 — *L'Été.*

Composition allégorique.

LORRAIN
(Genre de CLAUDE)

249 — *Paysage avec figures.*

MICHEL

250 — *Le Moulin.*

MILLET
(Attribué à)

251 — *Le Fossoyeur.*

Étude.

MONTEVERDE
(PHILIPPE)

252 — *Paysage et Figure.*

PASCAL

253-254 — *Paysages.*

Deux aquarelles.

REMBRANDT
(École de)

255 — *Portrait de Paulus Casatus.*

Représenté de face. A gauche, nombreuses inscriptions rappelant les œuvres auxquelles le personnage collabora. Signature à droite (?).

ROBIN
(P.)

256 à 262 — *Paysages.*

Sept aquarelles.

ROSSERT

263-265 — *Paysages et Figures.*

Trois aquarelles.

ROUSSEAU
(THÉODORE)

266 — *Paysage des environs de Fontainebleau.*

Avec gardeuse de vaches et animaux.
Signé à gauche.

SANTERRE
(Attribué à)

267 — *La Comtesse de Laure.*

> En très élégant costume, s'appuyant sur son fils, debout à ses côtés.
> En haut, à droite, on lit : *Cte de Laure. Voult an 1704. J. B. Santerre pinxit.*

SAUVAGE

268 — *Jeux d'enfants.*

> Deux jolis médaillons ovales. Peinture en camaïeu.
> Cadres en bois sculpté.

TÉNIERS
(École de)

269 — *La Partie de cartes.*

TISSERANT

270 — *Paysage.*

VERNET
(Genre de J.)

271 — *Paysage au bord de la mer.*
> Gouache.

ÉCOLE DU XVIᵉ SIÈCLE

272 — *L'Adoration des rois Mages.*

ÉCOLE FRANÇAISE
(xviii° siècle)

273 — *Portrait de femme.*
>   Pastel.

ÉCOLE ANGLAISE

274 — *Cheval au vert ramené à la ferme par une petite fille.*

ÉCOLE FRANÇAISE

275 — *Tête de petite fille.*

ÉCOLE HOLLANDAISE

276 — *Portrait de gentilhomme du XVII° siècle.*

ÉCOLE MODERNE

277 — *Portrait de femme décolletée.*
>   Pastel.

ÉCOLE MODERNE

278 — *Figure.*